EL LIBRO DE LA CALMA

ALEX ALLAN

ANNE WILSON

UN SELLO DE VR EDITORAS

Título original: *The calm book. Understanding your busy brain*
Dirección editorial: Marcela Aguilar
Edición: Margarita Guglielmini y Erika Wrede
Traducción: Erika Wrede
Armado: Florencia Amenedo

México: Dakota 274, colonia Nápoles - C. P. 03810
Alcaldía Benito Juárez, Ciudad de México
Tel.: 55 5220-6620 • 800-543-4995
e-mail: editoras@vreditoras.com.mx

Argentina: Florida 833, piso 2, of. 203
(C1005AAQ) Buenos Aires
Tel.: (54-11) 5352-9444
e-mail: editorial@vreditoras.com

Primera edición, primera reimpresión: junio de 2022

ISBN 978-987-747-789-4

Impreso en China • Printed in China

La consultora Sarah Davis es psicoterapeuta
con una maestría en Psicoterapia y Consejería Integral
para Niños y Adolescentes.
Actualmente trabaja en voluntariado asesorando y
apoyando a jóvenes para mejorar su bienestar mental.
También ha trabajado como editora infantil y consultora.

¿CÓMO TE SIENTES HOY?

¿Tienes mucha **ENERGÍA**...

...y quieres dar saltos?

¿Estás **BRILLANTE**

y con **ÁNIMOS**?

¿O sientes cansancio, pereza,

o **MAL HUMOR**?

¿Tal vez sientes

inseguridad

y

temblores

y quieres meter la cabeza bajo una manta?

Piensa cómo te sientes **POR DENTRO** y **POR FUERA**. Entender qué está ocurriendo dentro de tu cerebro y de tu cuerpo puede ayudarte a mantener la C A L M A para que puedas lidiar con **LO QUE SEA** que ocurra hoy.

ENTIENDE TU CEREBRO

El **CEREBRO** se parece a una masa gelatinosa, pero de hecho es muy **COMPLEJO** y bastante **MISTERIOSO**...

Aprender cómo funciona tu cerebro puede ayudarte a entender mejor tus sentimientos.

LA CORTEZA PREFRONTAL

("cor-te-za pre-fron-tal")

Esta es la porción que se encuentra en el frente de tu cabeza, justo detrás de tus ojos. Esta parte del cerebro es la que te ayuda a pensar con claridad y mantener la organización.

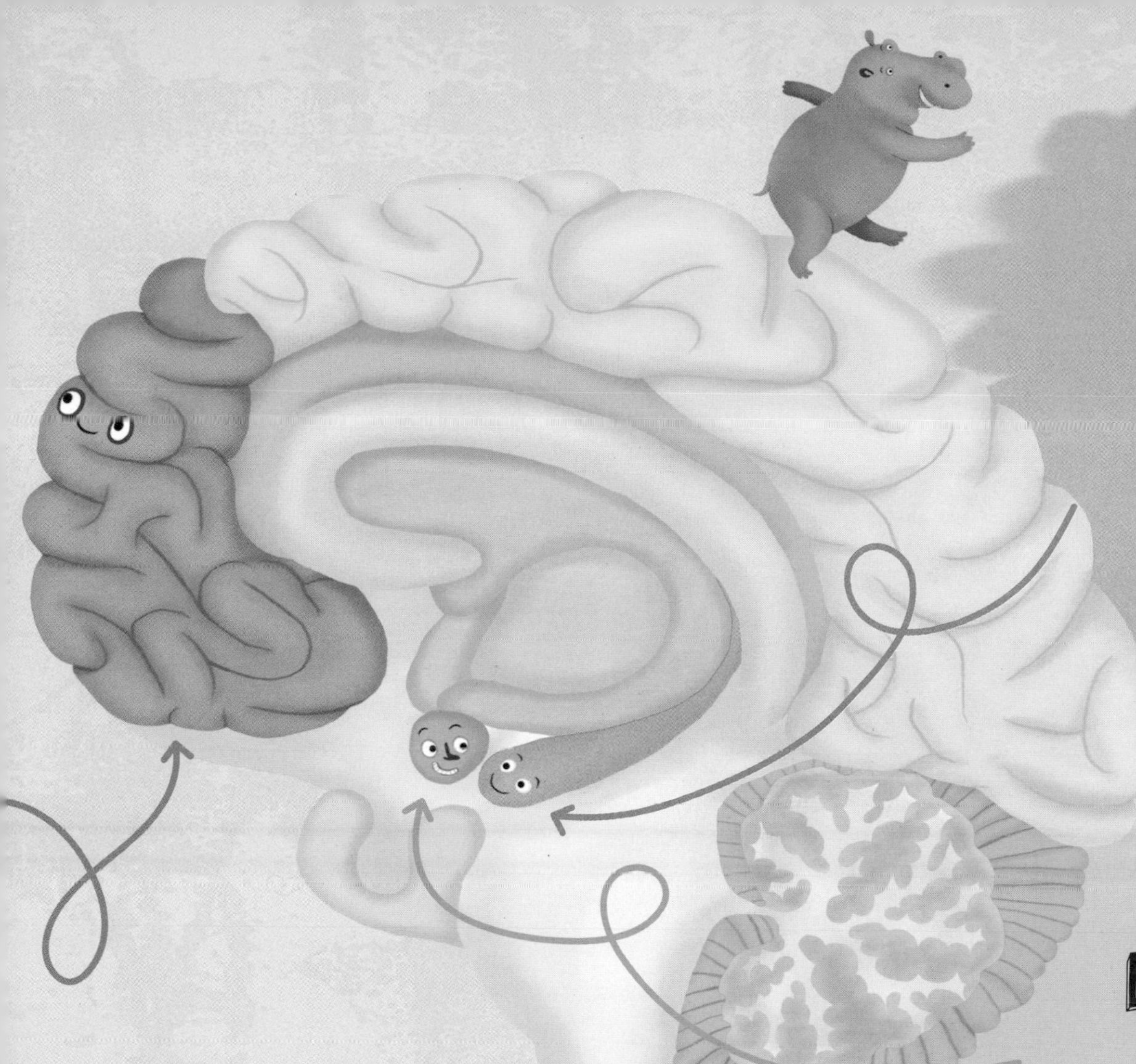

EL HIPOCAMPO

("hi-po-cam-po")

Esta parte del cerebro tiene la forma de la cola de un hipocampo o caballito de mar. Organiza y almacena los recuerdos para que puedas usarlos cuando los necesites.

LA AMÍGDALA

("a-mig-da-la")

Esta es una pequeña, pequeñísima parte del cerebro, y está junto al hipocampo. Pese a ser pequeña, ¡TOMA EL CONTROL cuando considera que estás en peligro! A esto se le llama la reacción de lucha o huida, que todas las personas necesitamos para sobrevivir.

Cuando te encuentras **EN CALMA**, puedes...

- Pensar claramente.
- Tener una conversación sensible.
- Tomar buenas decisiones.
- Organizar las cosas y llegar a los lugares a tiempo.

Cuando te encuentras en calma, tu **CORTEZA PREFRONTAL** está a cargo, por lo que resulta sencillo escuchar y aprender, almacenar conocimientos, emociones positivas y recuerdos en tu **HIPOCAMPO**.

Si las cosas comienzan a salir **mal**, nuestra corteza prefrontal nos dirá que no nos preocupemos, que mantengamos la calma.

Pero, a veces, nuestros **miedos** y **preocupaciones** son tan aterradores que no sentimos que podamos mantener la calma. ¡Antes de que lo notemos, la poderosa **AMIGDALA** ha tomado el control!

Si alguna vez nos encontramos en verdadero peligro, es nuestra **AMÍGDALA** la que nos prepara para

LUCHAR

si debemos hacerlo...

...o **HUIR**

tan *rápido* como sea posible.

(¡Muy útil si un OSO GIGANTE te está persiguiendo!).

Nuestro corazón comienza a latir más rápido,
para que la sangre bombee a nuestros músculos,
¡lo que nos hace **SUPERFUERTES!**
Respiramos más rápido para conseguir más oxígeno, y
las pupilas de nuestros ojos se agrandan, para ver mejor.

Señales de que tu amígdala está a cargo:

- Latidos acelerados, que te hacen sentir nervios.
- Falta de aliento, que te dificulta hablar.
- Energía contenida, que te hace querer correr, patear o gritar.
- Manos calientes o sudorosas.
- Piel de gallina.

(¡No tan útil si el oso resulta NO ser aterrador!).

Una vez que la **AMÍGDALA** está a cargo, puede resultar muy difícil volver a calmarnos. Y podríamos hacer cosas que normalmente no haríamos, cosas que podrían parecer tontas, lo cual nos hace sentir aún peor...

...¡y no

PODEMOS OÍR A

NADIE

que trate de ayudarnos!

Si tomamos

L A R G A S , L E N T A S ,

Y PROFUNDAS RESPIRACIONES

la amígdala comienza a escuchar
a nuestra corteza prefrontal diciendo...

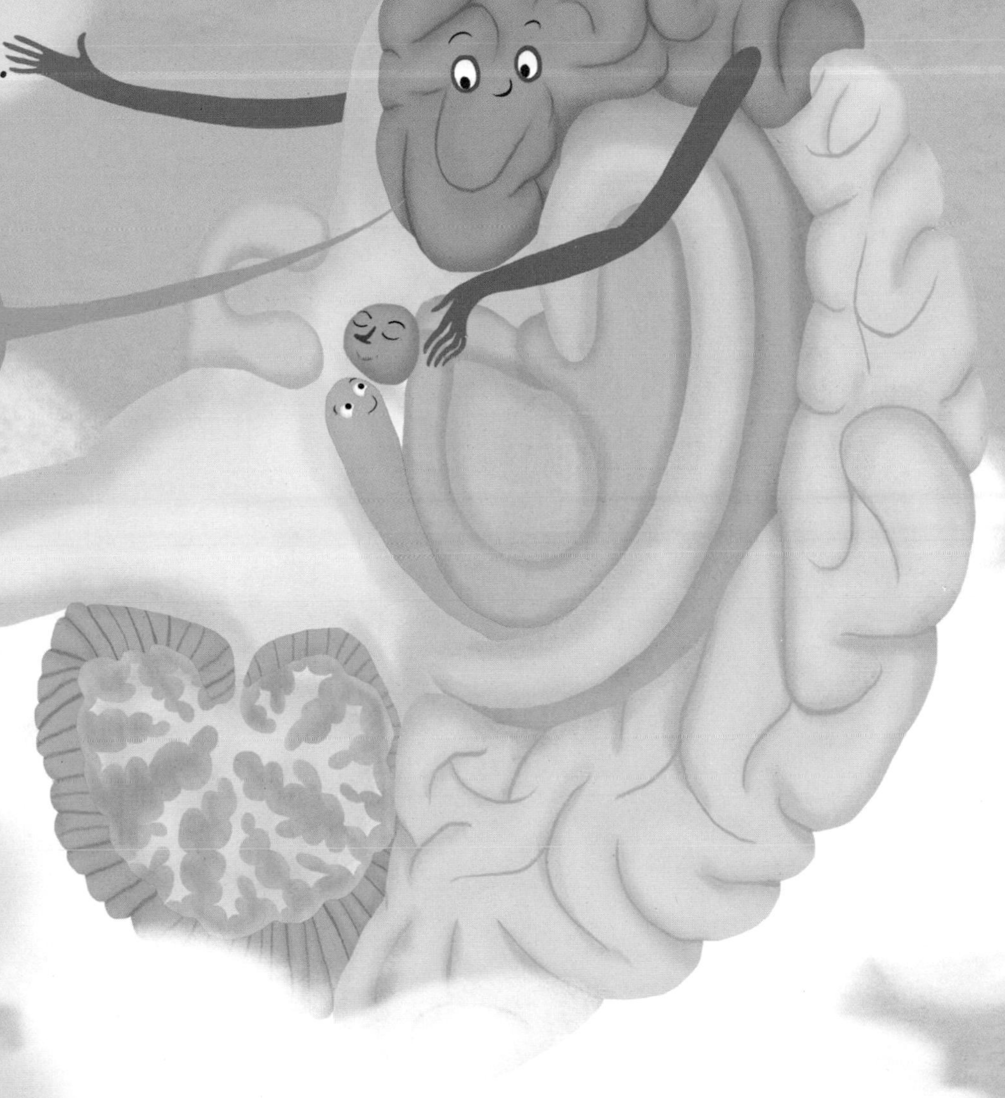

Intenta **tomar aire** por
la nariz mientras cuentas 1, 2, 3, 4.
Aguanta la respiración por 1, 2, 3, 4.
Luego suelta el aire por tu boca
en 1, 2, 3, 4.

Pronto habrá suficiente oxígeno para que el resto
del cerebro comience a trabajar nuevamente.

RESPIRAR PROFUNDO

es una excelente forma de prepararte para una buena noche de sueño.

Toda esta actividad cerebral puede dejarte exhausto, así que quizás algunas veces te sientas cansado y desgastado. Puede ayudar si descansas y recargas tu cerebro para el siguiente día.

1. Acuéstate con comodidad sobre tu espalda y prepárate para realizar RESPIRACIONES PROFUNDAS. Imagina que tu barriga es un globo.

2. Inhala profundo para inflar el globo tan grande como puedas, y luego suelta lenta y suavemente el aire hasta que el globo está completamente desinflado.

3. Intenta mantener un peluche sobre tu barriga haciendo equilibrio: cuando infles el globo, ascenderá suavemente; luego, cuando exhales, descenderá lentamente.

Repite estos pasos tantas veces como quieras hasta que sientas sueño y mayor relajación (y tu peluche también).

Cuanto más practicamos, mejor nos volvemos en cualquier cosa. Así que entrenar tu respiración puede ayudarte la próxima vez que necesites calmarte. Aquí tienes algunos ejercicios divertidos que puedes hacer todos los días.

RESPIRA CON UN AMIGO

Siéntate espalda con espalda con un amigo o amiga. Inhala profundamente y luego exhala suavemente... Escucha la respiración y siente el ascenso y descenso. Túrnense para hacer coincidir sus respiraciones.

SOPLA UNA PLUMA

Inhala y aguanta la respiración mientras cuentas 1, 2, 3... y luego exhala, soltando el aire de un lado de la pluma, y luego del otro. Observa cómo se mueven los bordes de la pluma y se acomodan a tu respiración.

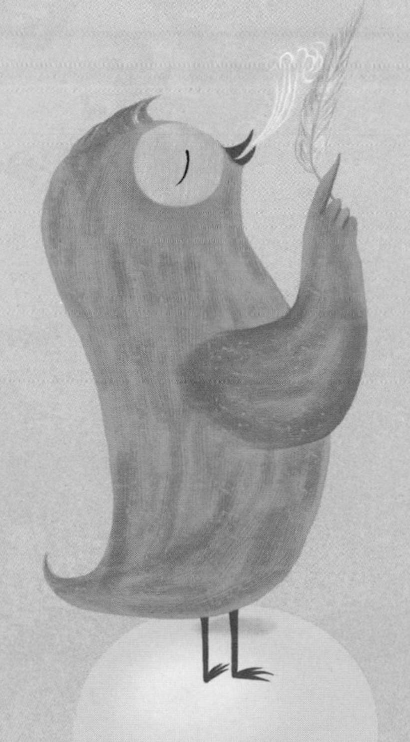

HAZ BURBUJAS

Concéntrate en inhalar. Luego exhala de manera constante y suave a través del anillo para que se formen pequeñas burbujas. Incluso puedes cerrar tus ojos y soplar burbujas en tu imaginación.

El 

puede ser una buena forma de entrenar a tu cerebro para que permanezca en calma.

MINDFULNESS significa ser consciente y notar lo que sucede a tu alrededor al mantener la calma y poner atención en las cosas. Así...

1. Siéntate en una postura cómoda.

2. Inhala profundamente y aprieta todos tus músculos. Haz que cada centímetro de tu cuerpo esté rígido y duro.

3. Aprieta los hombros, forma puños con las manos, contrae los dedos de los pies. Mantente así todo el tiempo que puedas.

4. Ahora exhala lentamente mientras comienzas a relajar los dedos de los pies, las manos y los hombros.

Puede sentirse extraño al principio, pero nota cuánta calma sientes una vez que dejas que tu cuerpo

se suelte.

Puedes ser **CONSCIENTE** al prestar atención a tus **CINCO SENTIDOS.**

¿Qué puedes **VER?**

Encuentra **cinco** cosas que puedas ver a tu alrededor y descríbelas. Libro, silla, ventana, tazón, mesa...

¿Qué puedes **SENTIR?**

Encuentra **cuatro** cosas que puedas sentir y descríbelas. Calcetines abrigados, almohada suave, alfombra áspera, brisa fresca...

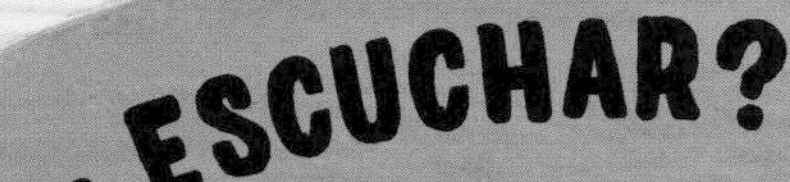

¿Qué puedes **ESCUCHAR?**

Escucha **tres** cosas. ¿Puedes oír el sonido del tráfico, pájaros cantando, tu propia respiración...?

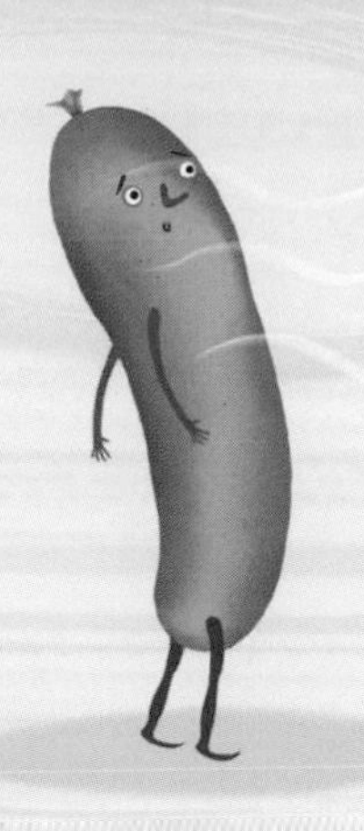

¿Qué puedes **OLER?**

¿Puedes sentir dos olores diferentes? ¡Si no, piensa en dos aromas que realmente te gusten!

¿Qué puedes **SABOREAR?**

¿Qué gustos sientes? Si no, ¡nombra tu gusto favorito!

Tomarte el tiempo para tener pensamientos positivos puede hacerte sentir mayor calma y felicidad.

PONTE EN MOVIMIENTO y prueba hacer **YOGA** para mejorar la memoria y la concentración. Puede hacerte sentir calma y relajación.

Recuerda tomar profundas y relajantes respiraciones.

Imagina que te sientas con las piernas cruzadas en una **NUBE**. Inhala y siéntate con la espalda erguida y con las palmas de tus manos en las rodillas.

Estira tus brazos lentamente frente a ti, como una **TORTUGA** que sale de su caparazón. ¡Hola!

Primero, siéntate sobre tus talones y apoya suavemente tu cabeza frente a tus rodillas, descansando tus brazos a los costados.

Luego, apóyate sobre tus manos y rodillas, levanta tu cabeza y arquea la espalda como un **ZORRO**.

O puedes curvar lentamente tu espalda y apoyar tu cabeza contra el pecho como un **GATO**.

Deja tus manos frente a ti y trata de levantar tu trasero al aire y estirar las piernas como un **PERRO**.

Hacer **YOGA** es una excelente forma de practicar tu **RESPIRACIÓN**. Prueba inhalar y exhalar lentamente cinco veces en cada una de estas posiciones de yoga.

Párate erguido con tus piernas apenas separadas, los pies mirando al frente y las manos a los costados.

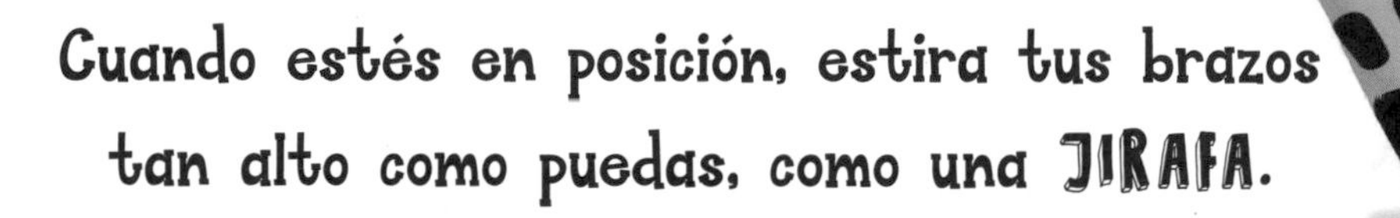

Cuando estés en posición, estira tus brazos tan alto como puedas, como una **JIRAFA**.

O inclínate por la cintura y balancea tus brazos abajo, como la **TROMPA DE UN ELEFANTE**.

Incluso puedes intentar apoyar uno de tus pies sobre el costado de tu otra pierna, como un **FLAMENCO**. ¡Trata de no tambalearte!

Ahora acuéstate sobre tu barriga como una **SERPIENTE** y estira tus brazos hacia atrás, a tus costados.

SSSSSssssssssssss

Intenta poner tus palmas sobre el suelo, cerca de tus hombros, e inclínate hacia arriba como un **LOBO MARINO**.

¡Arp, arp, arp!

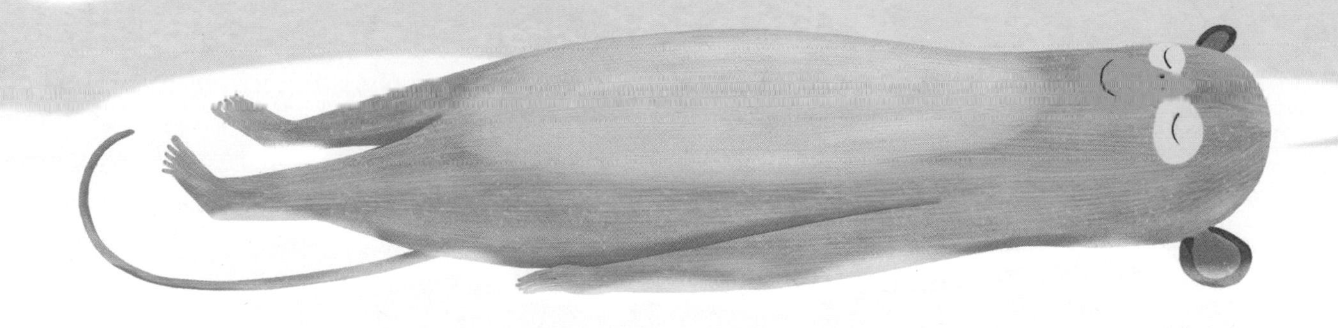

Finalmente, acuéstate sobre tu espalda con los brazos a los costados y respira libremente...
Aaahhh, c a l m a.

Prueba haciendo un
FRASCO DE BRILLOS,
que puedes usar para animarte
cuando sientas fastidio o cuando
simplemente quieras tomarte
un momento para relajarte.

Sacude el frasco tan
fuerte como puedas y luego relájate
mirando los pequeños brillos bajar
y acomodarse despacio, hasta que
todo está nuevamente en calma.

Para hacer tu propio frasco de brillos solo necesitas:

- Un frasco de plástico con una tapa que pueda ajustarse con fuerza.
- Media taza de pegamento con brillos.
- Agua destilada (¡para que no se llene de moho!).
- Unas cucharaditas extra de brillos.

Añade todos los ingredientes en el frasco, ciérralo bien y sacúdelo.

CONSEJO

¡Quizás quieras asegurar la tapa con cinta adhesiva si piensas sacudir el frasco con MUCHA FUERZA!

Si estás sintiendo **PREOCUPACIÓN** o **ENOJO** por algo, puede ayudar apretar un balón anti-estrés o aplastar slime mientras intentas calmarte.

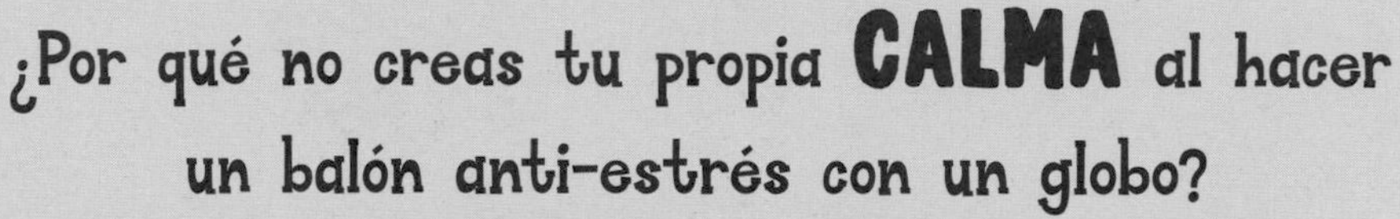

¿Por qué no creas tu propia **CALMA** al hacer un balón anti-estrés con un globo?

Necesitarás:

- Un globo.
- Harina o arroz.
- Un embudo.

Llena el globo con la harina o el arroz utilizando el embudo, y luego átalo con firmeza. Puedes pedirle ayuda a un adulto para hacer el nudo. ¡Luego decóralo y comienza a apretarlo!

Prueba hacer este sencillo **SLIME** con unos pocos ingredientes.

Necesitarás:

- Media taza de harina de maíz.
- Unas seis o siete cucharadas de agua.
- Colorante comestible.

Agrega unas pocas gotas de colorante comestible a una parte del agua, y luego añade la harina de maíz gradualmente, mezclando todo. ¡Al añadir más agua poco a poco se volverá más viscoso! Puedes apretar tu slime y formar una bola, o mirar cómo se escurre entre tus dedos.

Ahora que ya sabes cómo se siente la calma, ¿puedes pensar en algo que **TÚ** disfrutes y te haga sentir **EN CALMA?**

Tal vez...

Pasear a tu perro o pasar tiempo con animales.

Estar en un lugar especial y seguro, como una guarida.

Escuchar música relajante.
Mirar las nubes en un día soleado.
Nadar o tomar un baño.
...¡elige lo que te sirva a TI!

¡TU OPINIÓN ES IMPORTANTE!

Escríbenos un e-mail a
miopinion@vreditoras.com
con el título de este libro en el "Asunto".

Conócenos mejor en:
www.vreditoras.com
/VREditorasMexico
/VREditoras